Hola, soy Sara.

¿Tu nombre es...? _____

Se llama dislexia

Jennifer Moore-Mallinos
Ilustraciones: Marta Fàbrega

BARRON'S

APRENDER A LEER Y ESCRIBIR

Este año, en la escuela, voy a
aprender a leer y escribir.
¡Será muy divertido! ¡Hay tantos
libros que quiero explorar!
Sobre todo los de dinosaurios.

Ya he aprendido a hacer todos los
sonidos de las letras del alfabeto,
pero a veces me cuesta poner
algunos sonidos juntos y formar una
palabra. ¡Me confundo! Cuando me
pasa ésto, me enfado y me dan
ganas de dejarlo todo, pero luego
me acuerdo de todos los libros
sobre dinosaurios que quiero leer
y sigo tratando.

¡ME CONFUNDO!

ME SIENTO TRISTE

Pero cada día que pasa, veo que sigo teniendo problemas para leer. A veces me siento tan triste que invento que estoy enferma para no tener que ir a la escuela. ¿Por qué no puedo ser como los otros niños? ¿Por qué no puedo leer?

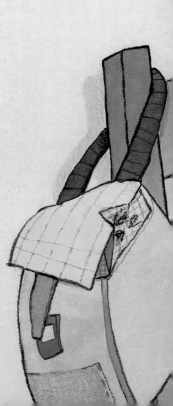

ME ESFUERZO MUCHO EN TODO LO QUE HAGO

Me gusta mucho ir a la escuela y jugar con mis amigos. Normalmente me esfuerzo mucho en todo lo que hago, por eso ayer, cuando mi maestra se detuvo un momento al lado de mi mesa y me dijo que quería hablar conmigo, me asusté. Me dijo que estaba preocupada por mi trabajo en clase y que quería hablar con mis padres.

¿POR QUÉ NO PUEDO LEER Y ESCRIBIR BIEN?

Al día siguiente, durante la reunión con mi maestra, mis padres se enteraron de que me costaba mucho leer y escribir. Ella les dijo que necesitaba hacerme algunas pruebas para ayudarme a mejorar. ¿Tal vez había alguna razón por la que yo no podía leer ni escribir bien?

TENGO DISLEXIA, PERO PODRÉ MEJORAR

Pocos días después de haber hecho todas las pruebas, me enteré de que tenía DISLEXIA. A las personas con dislexia les cuesta entender los sonidos dentro de las palabras, y eso les hace difícil aprender a leer. Muchas veces no pueden comprender bien lo que oyen, como seguir instrucciones, poner las palabras en el orden debido, o recordar cómo deben juntarse los sonidos y las letras para formar palabras. También confunden algunas letras como "b" o "d", o invierten el orden de las palabras, como "sala" y "alas". La dislexia no se puede curar pero sí se puede mejorar con mucha práctica y con ejercicios especiales.

UN POCO DE AYUDA Y MUCHA PRÁCTICA

Al principio me asusté, pero mi maestra me explicó que tener dislexia quería decir que yo tardaría más tiempo en aprender a leer y a escribir que otros niños. Pero eso no quería decir que yo no fuera inteligente ni que no pudiera ser buena en otras cosas. Lo que quería decir es que, con un poco de ayuda y mucha práctica, yo aprendería a escuchar, leer y escribir sin tanta dificultad.

EN LA ESCUELA Y EN CASA, ME AYUDAN MUCHO

Desde que supe que tenía dislexia, en la escuela y en casa me han ayudado mucho. En la escuela estoy en una clase especial con otros niños que también tienen el mismo problema. Mi maestra usa programas especiales para mejorar nuestra habilidad para prestar atención, leer y escribir. En casa, mis padres y yo hacemos muchas actividades divertidas juntos que me están ayudando a hacerlo mejor.

MI LECTURA ESTÁ
MEJORANDO

He tenido que trabajar mucho y esforzarme, pero mi lectura está mejorando y ya no me siento tan triste. Ni siquiera me acuerdo de la última vez que pretendí estar enferma. ¡Y todos esos libros sobre dinosaurios que siempre había querido leer son mejores incluso de lo que yo pensaba!

Mi maestra nos enseña toda clase de trucos para ayudarnos a recordar y prestar atención, y así aprender se va haciendo más fácil.

LA POESÍA ES MUY INTERESANTE

Hoy en clase la maestra nos ha leído algunos poemas. Yo no sabía que la poesía podía ser tan interesante y me encantó. Me gustó tanto que cuando la maestra nos pidió que escribiéramos nuestro propio libro de poemas, me entusiasmé mucho.

Tenía apuro por mostrarle a mi maestra todos los poemas que iba a escribir, sobre todo ahora que ya sabía escribir mejor.

YA NO ME CONFUNDO TANTO COMO ANTES

Aunque tuve que usar un diccionario para saber cómo se escribían muchas palabras de mis poemas, ya no me confundía tanto como antes. Tampoco me quise dar por vencida: tardé unos cuantos días en escribir mis poemas, pero lo hice y lo pasé muy bien. ¡La computadora es una gran ayuda! Con ella todo es más fácil, sobre todo deletrear las palabras.

Antes, cuando iba a la escuela, me daba miedo leer
delante de toda la clase. A veces tenía tanto miedo que
me escondía detrás del compañero que se sentaba
delante y esperaba que la maestra no me eligiera a mí
para leer, pero ahora ya no. Estaba ansiosa por leer mis
poemas a mis compañeros y no me preocupaba tanto
equivocarme.

¡LEO DELANTE DE TODA LA CLASE!

TENGO UN TALENTO ESPECIAL

Después de leer un par de poemas
delante de mis compañeros, todos se
pusieron de pie y me aplaudieron.
¡Les habían gustado! Mi maestra dijo que
yo tenía un talento especial para escribir
poesía y que estaba ansiosa por leer los
demás poemas de mi libro.

TENGO DISLEXIA PERO NO PASA NADA

Tengo dislexia pero ya no es para tanto. Tengo que esforzarme más y practicar más para leer y escribir, pero vale la pena. Ahora me siento mucho mejor, sobre todo al haber descubierto que tengo un talento especial. Tal vez algún día seré famosa como Albert Einstein, Leonardo da Vinci, Walt Disney, Beethoven, y hasta estrellas como Tom Cruise y Whoopie Goldberg ¡y todos ellos también tenían dislexia!

Actividades

TARJETAS ILUSTRADAS

Las tarjetas ilustradas son una excelente manera de ayudarte a aprender palabras nuevas y recordar otras que ya conoces.

Material necesario:

Cartulina, tijeras, rotuladores, diccionario.
Materiales artísticos como lápices de colores, lápices de cera, pegamento, pegamento brillante, etc.

Cómo hacer las tarjetas ilustradas:

1. Corta varios trozos de cartulina de igual forma y tamaño, aproximadamente de 2 por 3 pulgadas.
2. Con un rotulador o lápiz de cera escribe en letras de molde una palabra en cada una de las caras de la tarjeta. Si quieres, usa el diccionario para asegurarte que las palabras estén bien escritas.
3. Si puedes, haz un dibujo de la palabra en la otra cara de la tarjeta. El dibujo te podrá ayudar a recordar la palabra.
4. Sé creativo y decora tus tarjetas ilustradas. Usa diseños atractivos, pegamento brillante y muchos colores para que tus tarjetas sean "deslumbrantes". (Pero asegúrate de que las palabras queden nítidas.)

Puedes usar las tarjetas ilustradas tú solo, con un amigo, o con uno de tus padres. Es una estupenda forma de práctica para leer palabras, mejorar tu memoria, ¡y pasarlo bien al mismo tiempo! Mira cada tarjeta y memoriza su nombre. Después trata de escribir todos los nombres en un papel. Y luego compara lo que escribiste con lo que tienes escrito en las tarjetas. ¿Son las palabras iguales o no?

Cuando hayas aprendido bien las palabras de tu primer grupo de tarjetas, puedes añadir otras más a tu colección. Comienza con palabras que no sean muy difíciles pero luego prepara tarjetas con palabras de mayor dificultad. ¡Así irá creciendo tu memoria y mejorando tu lectura!

JUEGO DE LA MEMORIA

Haz las tarjetas ilustradas tal como se enseña más arriba, pero ahora deberás hacer dos tarjetas para cada palabra. Por ejemplo, si una de las tarjetas tiene la palabra "rana", tendrás que hacer otra tarjeta que también diga "rana".

Cómo jugar este juego:

1. Coloca varias tarjetas ilustradas boca abajo.
2. Da vuelta a dos de ellas a la vez para tratar de encontrar la pareja de cada palabra.
3. Si no encuentras la pareja, vuelve a colocar las tarjetas boca abajo y prueba de nuevo dando vuelta a otras dos tarjetas.
4. El objetivo del juego de la memoria es encontrar la mayor cantidad de parejas que puedas en el menor número de turnos. ¡El ganador es el que encuentra el mayor número de parejas!

Buena suerte y que te diviertas.

DICCIONARIO DE IMÁGENES

¡Todo el mundo sabe lo útil que es un diccionario! Te propongo hacer tu propio diccionario, para que siempre te ayude, en cualquier momento, en cualquier lugar, en la escuela y en casa.

Material necesario:
Papel grueso de dibujo, rotuladores, lápices de cera y lápices de colores.
Material artístico: pegamento, pegamento brillante, perforadora de tres agujeros, lana, divisores o marcadores.

1. Necesitarás aproximadamente 28 hojas de papel. Con la perforadora haz los tres agujeros en el lado izquierdo de cada hoja.
2. Corta tres trozos de lana (de unas 7 pulgadas de largo).
3. Pasa un trozo de lana por todos los agujeros de cada hoja y átalo con un nudo. Esto servirá para mantener las hojas unidas y formar el diccionario.
4. Usa divisores o marcadores para indicar cada nueva letra. De este modo te resultará más fácil encontrar una palabra cuando uses tu diccionario.

Comienza tu diccionario con palabras que usas a menudo cuando escribes todos los días. Estas palabras se llaman palabras de alta frecuencia.

A medida que vayas añadiendo palabras a tu diccionario, no te olvides de hacer un dibujo al lado de cada palabra y si quieres, también puedes escribir una definición.

No te olvides de hacer una bonita tapa para tu diccionario.

¡Sé creativo y pásalo bien!

SÓLO POR DIVERSIÓN

Prueba diez cosas nuevas y descubre cuáles te gustan más y cuáles las haces mejor. Puede ser un deporte, por ejemplo béisbol, fútbol, patinaje en el hielo, tenis, salto, o una actividad como bailar, cantar, actuar, pintar, cocinar, hacer fotografías o pasteles.

¡Seguro que hay cosas que siempre has querido hacer! No seas tímido, pero sí realista. Por ejemplo, el paracaidismo no es una cosa muy realista de probar a tu edad, pero tal vez inscribirte en un curso de karate o guitarra puede ser una buena idea.

¿Cómo puedes saber si eres bueno en algo si no lo pruebas? Es verdad, hay cosas que nos son muy difíciles y para las que probablemente siempre seremos malos, pero por otro lado, hay cosas que nos pueden resultar muy bien pero todavía no lo sabemos porque nunca lo hemos intentado. ¿Qué vas a poner en tu lista?

Recuerda que una vez que tengas la lista hecha, necesitarás la ayuda de un adulto o de uno de tus padres para comenzar. Aunque sólo sea inscribirte en una clase o actividad especial, seguro que tus padres desearán ayudarte a explorar tus talentos. ¡Que te diviertas!

Guía para los padres

Todos los padres quieren que sus hijos salgan adelante. Quieren que tengan éxito en los estudios, en la vida y que sean felices. También intentan que sus hijos crezcan y lleguen a ser adultos que contribuyen a la sociedad y prosperan dentro de ella. ¿Qué deben hacer los padres para conseguir todo esto? ¿Qué podemos hacer para ayudar a nuestros hijos a tener un futuro lleno de éxitos?

El primer escalón hacia el éxito comienza con las habilidades más básicas, o sea lectura, escritura y aritmética. Estas habilidades básicas son los cimientos sobre los que se construye el conocimiento y por tanto hay grandes expectativas para que cada niño llegue a dominarlas en un período relativamente corto. Pero no todos los niños serán capaces de aprenderlas con tanta rapidez como nos gustaría y por consiguiente necesitarán un apoyo adicional para lograrlo.

Los niños que tienen dificultades en un área académica, ya sea lectura, escritura o aritmética, experimentarán la escuela y el concepto de aprender como algo negativo. Cuando a un niño no le va bien académicamente, frecuentemente siente tensión y frustración, lo que acaba transformándose en desgana para ir a la escuela y en una muestra de comportamientos negativos como pataletas, falta de cooperación y actitud desafiante. Estas conductas, en combinación con los malos resultados escolares, pueden indicar un problema aún mayor que probablemente necesitará explorarse más a fondo para poder identificar la causa principal.

El niño que tiene dificultades para aprender a leer y escribir o al que le cuesta mucho dominar ciertas habilidades presentará un patrón repetido de errores.

Aunque la dislexia afecta aproximadamente entre un 10 y un 15 por ciento de la población, muchos no son identificados durante su temprana niñez. La dislexia afecta en igual medida a niños y niñas, pero los niños tienden a demostrar los síntomas mucho antes que las niñas.

Los síntomas de la dislexia indican un problema con el proceso auditivo, es decir, con la capacidad de reconocer, analizar, segmentar y mezclar sonidos. Los disléxicos con frecuencia tienen dificultad en procesar y comprender lo que oyen, especialmente cuando tratan de comprender la conexión entre las letras y los sonidos. Puede serles un problema comprender instrucciones explicadas rápidamente o seguir más de una idea al mismo tiempo. Las dificultades con la lectura aparecen a temprana edad, cuando los niños revelan cierta incapacidad de oír y de ver similitudes y diferencias entre los sonidos y las letras y, en consecuencia, son incapaces de juntar correctamente las partes de una palabra.

Una forma corriente de dislexia es la inversión. Las inversiones ocurren cuando una persona confunde letras y las lee o escribe incorrectamente, por ejemplo la "b" y la "d", o cuando una palabra se lee completamente al revés, por ejemplo "alas" se convierte en "sala" o "azar" en "raza".

Esta situación a menudo conduce a dificultades subsecuentes en el deletreo, la escritura y la caligrafía. La habilidad matemática también puede quedar comprometida cuando el niño es incapaz de recordar las reglas que rigen en este campo. Los síntomas de la dislexia varían de un individuo a otro, pero una evaluación detallada puede poner en evidencia tanto los puntos fuertes como débiles.

Como al niño disléxico le cuesta mucho comprender lo que está leyendo así como expresar por escrito sus ideas, se sentirá frustrado, avergonzado e incluso desanimado, por lo que hará lo que sea para evitar tener que leer y escribir. En muchos casos, el "mal" comportamiento de un niño es su forma de distraer la atención o de buscar una salida a sus dificultades.

Lamentablemente, cuando un niño experimenta el fracaso de forma continuada, también acaba teniendo una autoestima muy baja y se describe como "tonto", porque así es como se siente. Por eso es tan importante que padres y educadores hagan todo lo que puedan para aumentar el nivel de confianza del niño, en sí mismo y en el mundo, reconociendo constantemente su esfuerzo y prestándole un apoyo incondicional.

También puede ser beneficioso encontrar una actividad que se le dé bien al niño, tal vez una manifestación artística, una manualidad o un deporte. Ésto hará que el niño sienta confianza en sí mismo y al mismo tiempo le dará la oportunidad de divertirse como cualquier otro niño.

Que a un niño se le diagnostique dislexia no quiere decir que no tenga el potencial o la capacidad para crecer y destacar en su sociedad. De hecho, hay muchísimas personas famosas a las que se les diagnosticó dislexia. Todos ellos aprendieron a adaptarse a su diagnóstico y a pesar de sus dificultades, supieron hacer valiosas contribuciones a la sociedad.

Los padres son el principal respaldo de sus hijos. Por eso, nunca olvide que con instrucción especializada, clases particulares y abundante determinación y apoyo, cualquier niño con dislexia puede salir adelante.

SE LLAMA DISLEXIA

Primera edición para Estados Unidos y Canadá
publicada en 2007 por Barron's Educational Series, Inc.

© Copyright 2007 de Gemser Publications, S.L.
El Castell, 38; Teià (08329)
Barcelona, Spain. (World Rights)

Texto: **Jennifer Moore-Mallinos**

Ilustraciones: **Marta Fàbrega**

Dirigir toda correspondencia a:
Barron's Educational Series, Inc.
250 Wireless Boulevard
Hauppauge, NY 11788
http://www.barronseduc.com

ISBN-13: 978-0-7641-3795-2
ISBN-10: 0-7641-3795-6
Library of Congress Control Number 2007922273

Impreso en China
9 8 7 6 5 4 3 2 1